Paris.— Imprimerie Alcan·Lévy, 61, rue de Lafayette.

ALEXANDRE DUCROS

LA
BOITE DE PANDORE

COMÉDIE EN UN ACTE, EN VERS

Représentée pour la première fois à Paris, sur le théâtre
de Montmartre, le 1868

SECONDE ÉDITION

PARIS

E. DENTU, ÉDITEUR

Libraire de la Société des Auteurs et Compositeurs dramatiques
et de la Société des Gens de lettres

PALAIS-ROYAL, 17, 19 ET 21, GALERIE D'ORLÉANS

1876
Tous droits réservés

ALEXANDRE DUCROS

LA BOITE

DE

PANDORE

COMÉDIE EN UN ACTE, EN VERS

SECONDE ÉDITION

PARIS

E. DENTU, ÉDITEUR

*Libraire de la Société des Auteurs et Compositeurs dramatiques
et de la Société des Gens de lettrés*

PALAIS-ROYAL, 17, 19 ET 21, GALERIE D'ORLÉANS

1876

Tous droits réservés

LA

BOITE DE PANDORE

A mon ami

AUGUSTE ATGER

« *Mon cher Alexandre,*

« *J'ai été doucement surpris de recevoir ce matin un*
« *de ces mille carrés de papier qui sortent tous les jours*
« *de la Boîte de Pandore colportée par le Mercure en*
« *parements rouges... etc., etc., etc.*

« Auguste ATGER. »

Ces quelques lignes, extraites d'une lettre que m'adressait mon ami Auguste Atger, ont fourni le sujet de cette bluette : *La Boîte de Pandore.*

Alexandre DUCROS.

Biarritz, 17 septembre 1859.

LA
BOITE DE PANDORE

COMÉDIE EN UN ACTE, EN VERS

PERSONNAGES :

RAOUL DE MIREVAL....... MM. GARNIER.
THOMAS................... DURAND.
MADAME D'IVRY........... Mmes CELYNIS.
BAPTISTINE............... E. DE MARTELAÈRE.

La scène se passe de nos jours.

Un appartement au rez-de-chaussée ouvrant sur une cour à l'entrée de laquelle on voit une grille. — *Au fond* (de l'appartement) porte au milieu, une fenêtre de chaque côté. — *A droite,* 2ᵉ plan, une autre porte. — *A gauche,* 1ᵉʳ plan, une riche toilette avec grande glace entourée de mousseline blanche, vis-à-vis, canapé et guéridon. — Ameublement riche.

SCÈNE PREMIÈRE

BAPTISTINE (*un plumeau à la main époussetant les meubles*).

Nous ne quitterons pas ce désert de Passy !
Madame, assurément, veut s'enterrer ici...
(*Elle pose son plumeau sur un fauteuil et vient en scène.*)
Ma foi, vive Paris ! n'en déplaise à ma tante,
Le peu que j'en connais a passé mon attente.
Elle qui me disait : « Paris, c'est un enfer !

C'est un séjour maudit que hante Lucifer !... »
Comme elle se trompait, la pauvre vieille femme.
Paris est un séjour ravissant, sur mon âme ;
Et j'y vécus gaîment tout le dernier hiver,
Sans avoir, Dieu merci, rencontré Lucifer.

(*S'arrêtant sur le devant de la scène.*)

Quand madame d'Ivry me prit comme servante,
Du monde, j'en conviens, j'étais fort ignorante ;
Dans les prés chaque jour, debout dès le matin,
Je gardais les... moutons. Mais, mon heureux destin
Me conduit un beau soir au château. — Ma maîtresse,
Veuve depuis un an, sur le champ s'intéresse
A ma position : — « Petite, que fais-tu ? »
— « Je garde les... moutons pour le voisin Pâtu,
Vous savez ? le voisin ? ce gros fermier qui boite
Et semble aller à gauche, alors qu'il marche à droite ?
C'est lui. » « Que gagnes-tu ?» «Ma fi, bon an, mal an,
Je me fais douze écus comme mon frère Jean. »
« En veux-tu gagner cent ? » « Si je le veux ? sans doute.
Que faut-il pour cela ? » « Bien peu de chose. Écoute.
Lisette va partir, tu prendras son emploi,
Et resteras ainsi toujours auprès de moi.
« Comment t'appelles-tu, mignonne ? » ajouta-t-elle.

(*Faisant la révérence.*)

« Baptistine, madame, à vous servir fidèle. »
Dès ce jour, je quittai les champs et mon troupeau
Et je vins m'installer tout à fait au château.
Cela fit bien crier Thomas, le garde-chasse,
Qui m'en contait un brin, mais j'aimais mieux la place.
Pierre de son côté, qui m'en contait aussi,
En fut au désespoir, mais je lui dis ceci :

« Merci, mon beau cousin (car j'étais sa cousine)
J'ai robes d'indienne avec chaussure fine,
Que, naturellement, je préfère cent fois
A mon gros cotillon et mes sabots de bois. »

(*Riant en parlant.*)

Thomas, pour se venger, chercha querelle à Pierre,
Pierre lui répondit de si bonne manière,
Que Thomas de huit jours ne put quitter le lit,
Ni courir par les bois flairer quelque délit...

(*Redevenant sérieuse.*)

Que font-ils maintenant ? car bien souvent je pense
Au village, à ma tante, à mes amis d'enfance...
Thomas, ambitieux, a dû changer d'état,
Et Pierre, mon cousin, m'a-t-on dit, est soldat...
Pauvre Pierre ! il m'aimait... Que fait-il à cette heure ?
Peut-être qu'il se bat ?... Bon ! voilà que je pleure !...

SCÈNE II

BAPTISTINE, Madame d'IVRY.

MADAME D'IVRY (*entrant par la droite*).

Baptistine...

.BAPTISTINE (*essuyant vivement ses yeux*).

Madame ?...

MADAME D'IVRY.

Est-il venu pour moi?

Des lettres ?

BAPTISTINE.

Non, Madame.

MADAME D'IVRY (*avec humeur*).

En vérité, je croi

Que madame d'Harcourt est morte !... Baptistine...

BAPTISTINE.

Madame ?...

MADAME D'IVRY.

Je m'ennuie...

BAPTISTINE.

Et pourtant j'imagine

Que Madame n'a pas de chagrins ?

MADAME D'IVRY.

Nullement !...

Mais peut-on empêcher les ennuis d'un moment.

(*Allant s'asseoir devant la toilette.*)

Vois ma coiffure.

(*Baptistine, derrière elle, lui arrange ses cheveux.*)

Au bal de la villa Laërte,

Étais-je bien, avec une couronne verte ?

BAPTISTINE.

Vous étiez ravissante.

MADAME D'IVRY (*se mirant.*)

Attends... ôte ta main...

(*Souriant.*)

Je craignais d'avoir l'air d'un empereur romain..

Mets une épingle, là...

BAPTISTINE.

Que vous êtes charmante

MADAME D'IVRY.

On veut donc un cadeau, que l'on me complimente ?

BAPTISTINE.

Ah ! Madame ! croyez que je n'ai répété
Que ce que l'on disait au bal, de tout côté.

MADAME D'IVRY.

Ah !... qui donc ?...

BAPTISTINE.

Tout le monde... et s'il faut que je l'ose
Je nommerai quelqu'un.

MADAME D'IVRY (*vivement montrant une rose qui est
dans ses cheveux.*)

Enlève cette rose...
Je ne veux pas de fleurs... et tais-toi !

(*Un petit silence.*)

Le vieux duc,
Malgré ses cheveux blancs, n'est pas du tout caduc...
Plus d'un homme envierait sa mine épanouie...
Il a l'esprit subtil, l'allure réjouie ;
Il danse encor très bien et reçoit galamment...
Il dut faire autrefois un cavalier charmant,
N'est-ce pas ? — Il m'a dit aussi que j'étais belle...
Il avait près de lui, pendant la pastourelle,
As-tu vu ?... ce jeune homme ?... il disait comme lui...
Je crois...

(*Irritée du silence de Baptistine.*)

Mais qu'as-tu donc, Baptistine, aujourd'hui ?
Quoi, tu ne parles plus, contre ton ordinaire.

BAPTISTINE (*gravement.*)

Vous même m'avez dit, Madame, de me taire.

MADAME D'IVRY.

Oui.,. mais quand je te parle il faut répondre.

BAPTISTINE (*se penchant devant la glace, et avec volubilité.*)

Bon !
Je vais le faire alors en vous disant le nom
De ce jeune homme ; c'est monsieur Raoul.

MADAME D'IVRY (*vivement.*)

De grâce !
Ne te pose donc pas ainsi devant la glace,
Je ne peux pas me voir.

BAPTISTINE (*poursuivant.*)

Raoul de Mireval,
Son regard vous suivait aux quatre coins du bal,
Et, si vous désirez que je poursuive encore,
Je dirai qu'il vous aime...

MADAME D'IVRY (*sévèrement.*)

Eh bien !

BAPTISTINE (*continuant.*)

Qu'il vous adore,
Que vous l'aimez aussi...

MADAME D'IVRY (*se levant.*)

Baptistine !

BAPTISTINE.

Ma foi,
Je dis ce que chacun croit ici comme moi.

MADAME D'IVRY.

Par exemple !

BAPTISTINE.

Eh ! mon Dieu, pourquoi vous en défendre ?
Un regard en dit plus que le mot le plus tendre,
Madame, et malgré vous, sans doute, vos regards
Sont, quand vous le voyez, on ne peut plus bavards...
Les siens ne restent pas inactifs, en arrière :

Ils sont doux... ils ont l'air de faire leur prière,
Comme deux petits saints ! humbles et suppliants,
Tantôt tristes et morts, tantôt vifs et brillants !
Si bien, que vos regards composent un poème
Où vous lisez tous deux : « Aimez-moi ! » « Je vous aime ! »

MADAME D'IVRY (*se promenant, pensive.*)
Ainsi, le monde en parle !

BAPTISTINE.
On donne pour certain
Que de monsieur Raoul vous acceptez la main ;
Que le duc de Laërte a fait ce mariage.

MADAME D'IVRY.
Et, pourtant, refuser, serait peut-être sage !
Aussi j'hésite encor.

BAPTISTINE.
Vraiment !... Que craignez-vous ?

MADAME D'IVRY.
Monsieur de Mireval m'a paru très jaloux. .
Si j'allais me créer des ennuis ?

BAPTISTINE.
Eh ! non, certe !
Ne vous alarmez pas de cette découverte.
Elle prouve encor plus qu'il vous aime...

MADAME D'IVRY (*souriant.*)
Soit ! mais
C'est un grave défaut que l'on ne perd jamais.

BAPTISTINE.
Je ne m'en plaindrais pas, je le jure, Madame,
Si pour moi mon mari l'avait un jour dans l'âme.
Bien loin de l'en guérir, je ferais de mon mieux,
Afin d'entretenir ce défaut précieux.

Un mari jaloux ! mais... mais c'est une trouvaille !
Et je ne connais rien, Madame, qui le vaille.
Courtise-t-on sa femme ? il est aux petits soins,
Pour qu'on ne puisse pas dire qu'il en fait moins.
Forme-t-elle un désir ? accordé tout de suite.
S'il devient confiant, tout est perdu ! — Bien vite
Sa femme doit alors le rendre encor jaloux,
Pour le voir revenir plus humble à ses genoux.
Vive donc ce défaut, que toute femme adroite
Au profit de son sexe honnêtement exploite.

MADAME D'IVRY (*souriant.*)

Voilà qui me rassure ! et j'admire, vraiment,
Ta science.

BAPTISTINE.

On l'apprend tout naturellement,
Et l'on n'a pas besoin de lire dans un livre,
Pour savoir, en ce cas, quelle est la marche à suivre.

MADAME D'IVRY.

Quelle heure est-il ?

BAPTISTINE (*regardant la pendule.*)
Midi.

MADAME D'IVRY.

Déjà midi ! — J'attends,
De madame d'Harcourt des conseils importants,
Pour savoir si je dois renoncer au veuvage ;
Sa lettre est en retard.

BAPTISTINE.

Le conseil le plus sage
Que l'on puisse donner se trouve dans le cœur ;
C'est l'amour... S'il y parle, il est déjà vainqueur.

MADAME D'IVRY.

Nous verrons!.,. Tu viendras m'habiller tout à l'heure.

(*Elle entre à droite.*)

SCÈNE III

BAPTISTINE.

Nous verrons !

(*Riant.*)

Si ce n'est déjà vu, que je meure !
Bravo! nous allons vivre, enfin !.. et tout d'abord
Nous fuirons ce pays triste comme la mort...
L'hiver on recevra...

SCÈNE IV

BAPTISTINE, THOMAS.

(THOMAS, *qu'on a vu franchir la grille et traverser la cour, entre brusquement.*)

THOMAS.

Des lettres, pour Madame.

BAPTISTINE (*le regardant*).

Eh ! ne vous gênez pas.

THOMAS (*lui tendant deux lettres*).

Pardon, petite femme,
Le concierge est absent,

BAPTISTINE *(prenant les lettres).*

C'est bien, retirez-vous.

(Examinant Thomas avec plus d'attention.)

Tiens ! un nouveau facteur...

THOMAS *(examinant aussi Baptistine.)*

Autre part, ou chez nous,
J'ai vu ces deux yeux-là, si j'ai point la berlue...

(Tout à coup.)

Baptistine !

BAPTISTINE *(le reconnaissant à son tour).*

Thomas!

THOMAS *(l'admirant).*

Jarni ! quelle tenue!

BAPTISTINE.

Comment! c'est toi, Thomas? D'où sors-tu, mon garçon ?

THOMAS.

J'ai quitté le pays pour Paris.

BAPTISTINE.

Tout de bon ?

Tn n'es plus garde-chasse?

THOMAS.

Écoutez mon histoire...

BAPTISTINE *(l'interrompant).*

Et Pierre, mon cousin?

THOMAS.

Embarqué pour la gloire !
Il n'a pas eu de chance à la conscription.

BAPTISTINE.

Ah! ça me fait plaisir de te voir...

THOMAS.

Sans façon,

Cela m'en fait aussi.

BAPTISTINE.

Maintenant, dis-moi vite
Ton histoire, Thomas.

THOMAS.

Écoutez donc : — De suite
Que vous fûtes partie, il me vint, à mon tour,
Un grain d'ambition, et si bien, qu'un beau jour
Je quitte le village, et, vers la capitale,
Où vous étiez déjà, voilà que je détale.
J'avais quatre cents francs... J'en vis bientôt la fin
Mais comme je voulais ne point mourir de faim,
Je me mis à chercher une place... assez bonne...
On m'indique, d'abord, une vieille baronne
Qui m'habille de rouge et me change mon nom
Pour celui de Lafleur.... Jusque-là, c'était bon...
Mais je fus dégoûté bientôt de son service,
Qui faisait consister mon éternel office
A donner des leçons à certain perroquet
Dont on m'avait chargé de former le caquet...
C'était humiliant, n'est-ce pas, Baptistine ?
Dont, je change d'état, et je prends la cuisine
Chez un vieux diplomate, un gourmet s'il en fût!...
Mais je dus le quitter et me mettre à l'affût
D'un autre emploi !...

BAPTISTINE.

La cause ?

THOMAS.

Une sauce nouvelle
De mon invention, mais une sauce telle
Que j'en étais tout fier ! Quand, dans un grand dîner,

2.

Qu'à ses amis mon maître avait voulu donner,
Je sers avec orgueil ce plat ; chacun y goûte...
Fait la grimace... et puis se lève... Somme toute,
Chacun des invités, certe, il n'en manquait pas,
Dut déserter la table au milieu du repas !

BAPTISTINE.

Pourquoi ?

THOMAS.

      C'était l'effet de ma sauce ! — On me chasse,
Me voilà de nouveau sur le pavé, sans place.
Je rencontre Bertrand, un ancien du pays,
Et depuis quatorze ans établi dans Paris :
« C'est toi, Thomas ? » « C'est moi ! » « Que fais-tu ? »
      [« Rien qui vaille !
Et je suis sur le point de coucher sur la paille ! »
Je lui racontai tout, il répondit de moi,
Et me fit, à la poste, obtenir un emploi.

BAPTISTINE.

Et te voilà facteur ?

THOMAS.

      La place est agréable.
Vous le savez, j'étais ambitieux en diable !
   (Riant.)
Je voulais avancer et faire du chemin...
Sur le bon numéro j'ai mis enfin la main ;
Je marche... rondement !

BAPTISTINE *(riant.)*

      Je le crois !

THOMAS.

      Et je pense,
Dans mon nouvel emploi, jouir de l'existence.

BAPTISTINE.

Tu t'y plais donc ?

THOMAS.

Comment ne m'y plairais-je pas ?
Le métier de facteur, certes, est plein d'appas...
De types, chaque jour, il parcourt une liste
Qui réjouirait fort un physionomiste ;
Plaisir, douleur, espoir et contrariété,
Il lit tout dans le cœur de la société.
On le guette, on l'attend avec impatience,
Du plus loin qu'on le voit on bénit sa présence,
On court à lui...
            (Imitant une voix de jeune fille.)
      — « Facteur, n'avez-vous rien pour moi ? »
C'est un jeune tendron, dont le naïf émoi
Laisse trop deviner d'où peut venir la lettre ;
Elle rougit ? Connu ! Cupidon est son maître...
Plus loin, c'est un boursier dont l'aspect consterné
Se traduit par ces mots : — « Suis-je ou non ruiné ? »
La hausse d'un seul coup peut remonter sa caisse ;
La lettre qu'il reçoit, v'lan ! annonce la baisse,
Et le voilà flambé ! — Là-bas, c'est un vieillard
Qui depuis le matin longe le boulevard
En guettant le facteur ; — son fils est à la guerre
Et l'on a combattu, dit-on, à la frontière !...
      (Faisant le simulacre de lire une lettre.)
Est-il blessé ? non pas ! l'étoile de l'honneur
Brille sur sa poitrine !.. et, pleurant de bonheur,
Le vieillard bat des mains... Et le facteur s'éloigne
D'un air indifférent. — Jamais il ne témoigne
Le moindre étonnement, ni le moindre intérêt ;

Il est aveugle, sourd, impassible ! — On dirait
Qu'il plane sur le monde, en jetant sur sa route,
Et le rire et les pleurs, la croyance et le doute,
Attendu, redouté, sur pied dès le matin,
Le facteur est l'image, ici-bas, du destin !

BAPTISTINE.

Allons, de ton bonheur, Thomas, je suis heureuse.

THOMAS.

Ah ! çà, parlons de vous, mon ancienne amoureuse.
Ma distribution est faite, et je puis bien
Profiter avec vous d'un moment d'entretien ?
Du reste, le bureau n'est qu'à deux pas. — Sans doute,
Vous avez un bon gage, ici ? — Mais, somme toute,
Comment vous trouvez-vous chez madame d'Ivry ?
Ne regrettez-vous pas le hameau du Berry ?

BAPTISTINE.

Le regretter ? nenni ! mais je me le rappelle
Avec émotion.

THOMAS.

Eh bien, Mademoiselle,

M'est avis qu'on pourrait y retourner un jour
Planter ses choux et puis être maître à son tour.

(Baptistine hausse les épaules en souriant.)

Eh ! dame ! pourquoi pas ? on travaille... on amasse
D'abord par ci, par là, quelques gros sous qu'on place,
Les petits intérêts doublent le capital,
Et l'on devient rentière avec bien peu de mal.

(Insinuant.)

On quitte le service, on prend un honnête homme
Pourvu de qualités... Et d'une ronde somme,
Ce qui ne gâte rien, et l'on vient au pays

Vivre avec les écus amassés à Paris.

BAPTISTINE *(riant)*.

Bon ! je te vois venir, Thomas, tu vas encore
Dire comme autrefois..,

THOMAS *(l'interrompant)*.

Que mon cœur vous adore ?...
Eh bien ! oui... là ! c'est vrai, Baptistine... Écoutez :
Votre image est toujours, partout à mes côtés.

BAPTISTINE *(malicieusement)*.

Et Pierre, mon cousin ?...

THOMAS *(avec humeur)*.

Pierre ? il est à l'armée.

BAPTISTINE.

Mais il en reviendra.

THOMAS.

Serez-vous bien charmée
D'avoir un mari borgne, ou manchot, ou boiteux...
S'il ne perd toutefois les deux bras, les deux yeux,
Les deux jambes, enfin, sur le champ de bataille...
Un semblable mari ne serait rien qui vaille !
Et, d'un autre côté, Pierre, à son régiment,
Ne pense plus à vous... J'en suis sûr.

BAPTISTINE *(moqueuse)*..

Ah ! vraiment !
Tu le crois ?...

THOMAS.

C'est certain... le soldat est volage !
Ne repoussez donc pas mon amoureux hommage,
Car, moi, je suis fidèle.

(On sonne dans l'appartement de droite.)

BAPTISTINE *(remontant).*

On m'appelle,.. bonjour.

THOMAS *(la suivant).*

Baptistine, daignez couronner mon amour.

BAPTISTINE *(le poussant vers le fond).*

Nous en reparlerons.

THOMAS.

Très bien.

BAPTISTINE.

Mais va-t'en vite.

THOMAS.

Je pars...

(Redescendant la scène.)

Que votre cœur, Baptistine, médite
Sur ce que je disais.

BAPTISTINE.

Quoi donc ?

THOMAS.

Le capital,
Pour finir nos vieux jours sous le clocher natal.

BAPTISTINE *(le poussant de nouveau vers le fond).*

Oui, j'y vais réfléchir.

THOMAS *(redescendant la scène).*

Pensez à ma tendresse.

BAPTISTINE *(le poussant encore).*

Oui, je vais y penser.

THOMAS *(sur le seuil du fond).*

Hâtez-vous, cela presse !
Songez que loin de vous je compte les instants...
Je reviendrai tantôt.

*(Baptistine le pousse dehors et ferme la porte
sur lui. — Madame d'Ivry paraît à droite.)*

BAPTISTINE.

> Enfin ! — Il était temps !

SCÈNE V

BAPTISTINE, Madame d'IVRY.

MADAME D'IVRY (venant en scène).
Baptistine, voilà deux heures que je sonne ;
Qui donc te retenait ?

BAPTISTINE.
> Moi, Madame ? personne.

MADAME D'IVRY.
Il m'a semblé pourtant que l'on parlait ici.

BAPTISTINE.
Ah ! — C'était le facteur ; il apportait ceci.
> (Elle lui tend les deux lettres.)

MADAME D'IVRY (les prenant).
Des lettres ? donne vite... Elles sont, sans nul doute,
De madame d'Harcourt.

BAPTISTINE (à part).
> Voilà l'amour en route.

MADAME D'IVRY (examinant les adresses).
Laisse-moi.

BAPTISTINE.
> Je devais vous habiller.

MADAME D'IVRY.
> Plus tard.
Le temps de parcourir ces lettres du regard.

BAPTISTINE *(à part).*

Allons, fasse le ciel que cet heureux message
Au profit de l'hymen termine le veuvage.
  (Elle sort par la gauche en emportant son plu-
  meau, qu'elle avait déposé sur un fauteuil).

SCÈNE VI

MADAME D'IVRY *(seule).*
(Elle s'assied sur le canapé, près du guéridon, examine
  les deux lettres, va pour en ouvrir une et s'arrête.)
D'où vient donc que j'ai peur de briser le cachet ?...
Je ne reconnais pas cette écriture...
  (Elle ouvre brusquement une lettre et lit tout haut.)

  « Madame,
  « Une personne qui désire garder l'anonyme, ayant
  « appris votre prochain mariage avec M. de Mireval,
  « ose vous conseiller, dans l'intérêt de votre bonheur,
  « de rompre, s'il en est temps encore, une union qui
  « ferait le malheur de toute votre vie. M. de Mireval
  « ne saurait, en effet, vous rendre heureuse comme
  « vous le méritez; il fréquente trop assidûment les
  « coulisses de l'Opéra, et vous pourriez trouver, dans
  « le corps de ballet, de plus amples renseignements
  « sur ce que je vous signale. »

                              Oh ! c'est
Indigne ! c'est affreux !... — On se trompe peut-être,
Ou la méchanceté... Voyons cette autre lettre.
  (Elle décachette la deuxième lettre et lit tout haut.)

« Deuxième avertissement : — M. de Mireval a perdu,
« cette nuit dix mille francs au jeu. C'est une baga-
« telle, sans doute ; mais comme de pareilles pertes se
« renouvellent fréquemment pour lui, elles peuvent le
« conduire à sa ruine, et, plus tard, entraîner la
« vôtre. »

Mon Dieu ! qu'apprends-je là !... lui, volage... joueur...
Et j'allais lui donner ma main avec mon cœur ?...
Cela ne sera pas !... Je romps à l'instant même...
Que dis-je ?... il est trop tard ! malheureuse ! je l'aime !
Et cependant sa voix ne semblait pas mentir,
Son regard était pur...
(Se levant.)
Oh ! je saurai bannir
Cet amour de mon cœur... Oui... oui... je serai forte...
    (Essuyant une larme.)
Je cacherai mes pleurs... je souffrirai... qu'importe !
Il ne le verra pas...
(Appelant et sonnant tout à la fois.)
Baptistine !...
(Baptistine entre par la gauche.)

SCÈNE VII

BAPTISTINE, Madame d'Ivry

MADAME D'IVRY.
Demain

Nous quitterons Passy, pour prendre le chemin
Du Berry...

BAPTISTINE (stupéfaite).

Du Berry, Madame ? Quelle idée !
A ce départ subit qui vous a décidée ?

MADAME D'IVRY.

Ce soir que tout soit prêt... Surtout veilles-y bien,
Tu m'entends ?

BAPTISTINE.

Oui, j'entends, mais je n'y comprends rien.

MADAME D'IVRY (avec humeur).

Eh ! tu n'as pas besoin de comprendre.

BAPTISTINE (s'excusant).

Madame...

Pardonnez...

MADAME D'IVRY.

Mon enfant, ne m'en veux pas... J'ai l'âme
Triste !...

BAPTISTINE (à part).

Oui, depuis qu'elle a reçu son courrier...

MADAME D'IVRY (à part).

Ah ! que loin de ces lieux je puisse l'oublier !

(Elle sort par la droite.)

SCÈNE VIII

BAPTISTINE (seule).

Allons ! tantôt le vent soufflait au mariage,
Et le voilà qui tourne à présent au voyage...
Qu'est-ce que ça veut dire ? — A madame d'Ivry,

Qui peut donc inspirer ce retour au Berry ?...
De madame d'Harcourt c'est le conseil sans doute ;
  (Imitant une voix de vieille femme.)
« N'épousez pas, ma chère, » — et Madame l'écoute —
« Monsieur de Mireval est trop jeune, il est blond,
« Il a les yeux gris-clair et le nez un peu long. »
  (Reprenant sa voix naturelle.)
Les donneurs de conseils, quelle exécrable chose !
Tous parlent à rebours... Oh ! moi, je me propose
De choisir mon mari moi-même, sans façon,
Qu'il soit brun ou châtain, vilain ou beau garçon ;
Je le prends pour moi seule et non pas pour un autre,
Leur dirai-je, il me plaît... vous choisirez le vôtre.
  (Allant regarder à la porte du fond.)
Voici notre amoureux... il arrive à propos !...
Le cœur aimant, joyeux, l'esprit libre et dispos...
  (Redescendant la scène.)
Pauvre jeune homme !... et si gentil !... il m'intéresse !

SCÈNE IX

RAOUL DE MIREVAL, BAPTISTINE.

RAOUL *(entrant).*
Baptistine, veux-tu prévenir ta maîtresse
De ma visite ?
  BAPTISTINE *(avec embarras.)*
  Mais... Madame souffre un peu...

RAOUL.

Elle me recevra... va, pour l'amour de Dieu !
Depuis longtemps déjà je serais auprès d'elle,
Sans mon cousin Henri... la plus folle cervelle...

BAPTISTINE *(l'interrompant)*.

Henri de Mireval ?

RAOUL.

Oui. Tu le connais donc ?

BAPTISTINE *(souriant)*.

N'en dites pas de mal, c'est un charmant garçon.

RAOUL.

Vraiment ?... Je gagerais qu'il ta conté fleurette ?

BAPTISTINE.

Eh ! dame, pourquoi pas ? Comme une autre on est faite
Pour plaire aux beaux messieurs et les rendre amoureux.

RAOUL.

Hum ! ne l'écoute pas, car il est dangereux !

BAPTISTINE *(souriant)*.

Bah !

RAOUL.

Tout à l'heure encore il me rompait la tête
A vouloir me vanter sa dernière conquête ;
Fany... quelque beauté de l'Opéra, je crois ;
C'est la centième, au moins, depuis deux ou trois mois.
Voudrais-tu, mon enfant, faire la cent-unième ?

BAPTISTINE.

Certes, non. Mais, Monsieur, quand on vous dit : « Je
[t'aime, »
Ça fait toujours plaisir..., on peut, malgré cela,
Rester honnête fille... et je le suis... voilà !

(Elle lui fait la révérence.)

RAOUL.

C'est très bien.

BAPTISTINE.

N'est-ce pas ?

RAOUL *(la pressant d'aller l'annoncer)*.

Mais va donc, Baptistine...

BAPTISTINE *(à part)*.

S'il savait que c'est un congé qu'on lui destine,
Il serait moins pressant... Oh ! tous les conseilleurs,
Que je voudrais les voir au diable... ou bien ailleurs !

(Elle sort par la droite.)

SCÈNE X

RAOUL *(seul)*.

Je vais donc la revoir ! Comme mon cœur bat vite,
Et quelle émotion auprès d'elle l'agite !
C'est l'amour, je le sens, l'amour pur et sacré
Que jeta dans mon cœur son regard adoré !
Adieu de mon passé les heures envolées !
Désormais plus de peine ou de joie isolées,
Mais ce lien à deux, lien par Dieu béni,
Doux gage de bonheur et d'espoir infini,
Qui partage l'épreuve et double l'allégresse,
Qui peuple vos loisirs de soins et de tendresse,
Vous guide et vous soutient, quand on se sent ployer,
Et résume pour vous l'univers au foyer.

*(Madame d'Ivry entre par la droite ; Raoul va
devant d'elle.)*

SCÈNE XI

RAOUL, Madame D'IVRY.

RAOUL *(à madame d'Ivry)*.
N'allez-vous pas trouver ma visite importune ?
MADAME D'IVRY.
Elle est pour moi, Monsieur, une bonne fortune...
Vous le savez, je vis loin du monde... je suis
Une pauvre recluse au milieu des ennuis,
Et je rends grâce au ciel, je le bénis bien vite,
Lorsque dans mon désert quelqu'un me rend visite.
        (*Elle s'assied sur le canapé et désigne un fauteuil
            à Raoul.*)
RAOUL.
Et pourtant, votre place est dans le monde...
MADAME D'IVRY.

                                            Mais
Qu'y ferai-je ? et pourquoi ?
RAOUL.

                            Pour y régner ! Jamais
Nulle n'en fut plus digne.
MADAME D'IVRY.
                    Un compliment ?
RAOUL.
Madame,
C'est une vérité ; le monde vous réclame,
Et moi, bien plus que lui, je bénirai le jour

Où vous serez rendue à tous... à mon amour

MADAME D'IVRY *(brusquement)*.

Hier, que jouait-on à l'Opéra ?

RAOUL *(étonné)*.

La *Juive*...

C'est Renard qui chantait Eléazar.

MADAME D'IVRY.

Captive

Dans ma villa, Monsieur, comme je vous l'ai dit,
J'ignore les talents que Paris applaudit.
Veuillez m'instruire un peu... Que jouait-on encore ?
Dans le temple d'Euterpe aviez-vous Terpsichore ?
Quel ballet donnait-on ?

RAOUL *(de plus en plus étonné)*.

Madame, s'il vous plaît,

Laissons-là de côté le chant et le ballet.
Alors qu'il m'est permis, par un bonheur suprême,
De pouvoir, sans témoins, vous dire : Je vous aime !

MADAME D'IVRY *(jouant la surprise)*.

Vous m'aimez ?

RAOUL.

Ardemment !

MADAME D'IVRY *(avec intention)*.

Plus que le lansquenet ?

RAOUL.

Plaît-il ?

MADAME D'IVRY.

Hier au soir, je crois qu'on y jouait...
(Cherchant.)
Dans quel cercle déjà ?... — Ne pourriez-vous le dire ?

RAOUL *(interdit)*.

Mais, je ne comprends pas...

MADAME D'IVRY.

Parlez, je le désire.

RAOUL.

Madame, je ne sais...

MADAME D'IVRY *(railleuse)*.

Vous m'étonnez, vraiment !
Pouvez-vous ignorer un tel événement,
Vous qui courez Paris ?... Oh ! ce n'est pas un blâme ;
Un homme n'est-il pas plus libre qu'une femme ?
Il peut aller partout, et de ses actions
Il est maître absolu.

RAOUL.

Mais ces réflexions,
Madame...

MADAME D'IVRY *(l'interrompant)*.

Écoutez-moi : Personne ne l'accuse.
Eh ! quel grand mal fait-il de la sorte ? il s'amuse !
Assez tôt les tracas accourront le saisir ;
A demain l'humeur noire, aujourd'hui le plaisir...
Et, lorsque fatigué de sa bruyante vie,
Son cœur vers le repos jette un regard d'envie,
Il quitte ses amis, il se marie enfin,
Pour toucher une dot et pour faire... une fin !
— Car il appelle ainsi, je crois, le mariage. —
Et chacun l'applaudit et dit qu'il devient sage,
Qu'il fut jeune et qu'il fit ce que chacun a fait,
Ce que d'autres feront, et que nul n'est parfait,
Que le blâme, en un mot, aurait mauvaise grâce,
Et qu'il faut après tout que jeunesse se passe !

(Elle se lève.)

RAOUL (*se levant aussi*).

Je cherche vainement à comprendre pourquoi
Vous me parlez ainsi ?... Nul ne pourrait, à moi,
Faire un pareil reproche, et jamais ma pensée...

MADAME D'IVRY (*l'interrompant et railleuse*).

Hier, la cachucha fut-elle bien dansée ?
Répondez donc, Monsieur, vous avez l'air contrit...
Serait-ce Angélina qui vous trouble l'esprit ?...
Elle danse très bien... N'est-ce pas dans *Giselle*
Qu'elle fit son début ?

MADAME D'IVRY (*vivement.*)

Une union, Monsieur ?... entre nous ?...

RAOUL.

Que vous êtes cruelle
De me railler ainsi, moi, qui n'aime que vous !
Et lorsque l'union projetée entre nous...

RAOUL (*avec reproche.*)

Oh ! Madame,
Avez-vous oublié ?

MADAME D'IVRY.

Permettez ! je réclame
Une explication.

RAOUL.

Mais c'est un rêve affreux !
Quand le duc m'affirmait...

MADAME D'IVRY.

Le duc ? il est bien vieux !...
A son âge, Monsieur, aisément on radote...
Il faut lui pardonner, l'hymen est sa marotte...
Moi ? me remarier ?... Je n'y songeais jamais...

RAOUL.

Quand chez lui je vous dis combien je vous aimais,
J'eus tout lieu d'espérer...

MADAME D'IVRY.

Vous vous trompiez... la preuve,
C'est que j'ai résolu de vivre et mourir veuve,
Et de fuir ce séjour, comme j'ai fui Paris...
Vous ne le croyez pas, et vous êtes surpris ?
*(Lui montrant Baptistine qui entre portant une
grande corbeille pleine de linge.)*
Voyez,

SCÈNE XII

Les mêmes. — BAPTISTINE.

MADAME D'IVRY *(à Baptistine)*.
Où vas-tu donc, avec cette corbeille ?

BAPTISTINE.

A la voiture.

RAOUL *(à part)*.
O ciel ! je ne sais si je veille !

BAPTISTINE.

J'ai serré les effets dans les malles.

MADAME D'IVRY.

Ainsi,
Nous pourrons, dès demain, nous éloigner d'ici ?

BAPTISTINE.

Oui, Madame, vos gens sont prévenus.
(Elle sort par le fond.)

SCÈNE XIII

Madame d'IVRY, RAOUL.

RAOUL.

Madame,
J'ai franchi votre seuil avec l'espoir dans l'âme,
Vous l'en avez banni... je connais mon devoir...
. Adieu...

(*Il salue et remonte la scène.*)

Madame d'ivry (*émue.*)
Non, pas adieu, disons-nous : au revoir.

(*Se dirigeant vers la porte de droite.*)
Mais veuillez m'excuser, Monsieur, si je vous quitte,
Et ne regrettez pas votre bonne visite,
Elle m'aura permis de vous tendre la main,
Avant que de l'exil je prenne le chemin.

(*Elle lui tend la main, que Raoul va porter à ses
lèvres, lorsque madame d'Ivry s'écarte brusquement en disant à part*) :
Ah ! sortons, car mes pleurs trahiraient mes alarmes,
Il serait trop content de voir couler mes larmes !

(*Elle sort.*)

SCÈNE XIV

RAOUL *(seul)*.
Un changement si prompt ! un si brusque départ !
Eh bien ! je veux aussi la fuir et sans retard.

SCÈNE XV

RAOUL, BAPTISTINE.

BAPTISTINE *(venant du fond)*.
Là ! nous pourrons partir dès demain de bonne heure.
        (Apercevant Raoul).
Monsieur de Mireval, vous êtes triste ? — Il pleure !
Pauvre jeune homme !...
                RAOUL *(vivement.)*
                Moi ? non je ne pleure pas,
        (S'essuyant les yeux.)
Mais je vais me tuer, me noyer de ce pas.
Adieu !
        (Il se dirige vers le fond.)
                BAPTISTINE *(lui barrant le passage.)*
                Monsieur Raoul !
                RAOUL *(la repoussant)*.
                        Je ne veux rien entendre.
                BAPTISTINE.
Écoutez un secret que je veux vous apprendre.

RAOUL (*redescendant avec elle*).

Un secret ?

BAPTISTINE.

Je vous vois, Monsieur, si malheureux
Et si désespéré...

(*Elle hésite.*)

RAOUL.

Parle donc !...

BAPTISTINE.

Que je veux
Vous dire le pourquoi du départ de Madame
La seule cause...

(*Elle hésite encore.*)

RAOUL.

Eh bien ?

BAPTISTINE.

C'est vous!

RAOUL (*étonné*).

Moi?

BAPTISTINE.

Sur mon âme

RAOUL.

Tu te moques ?

BAPTISTINE.

Du tout.

RAOUL.

Achève, alors.

BAPTISTINE.

Voici
Une minute avant que vous n'entriez ici,
Madame avait reçu deux lettres...

RAOUL.

Que m'importe ?

BAPTISTINE.

Ces lettres vous traitaient, Monsieur, de telle sorte,
Que Madame a voulu, le cœur tout indigné,
Qu'on brûlât le contrat avant qu'il fût signé.
Oh ! Madame, tantôt, m'a fait voir les deux lettres...
On dit que vous jetez l'argent par les fenêtres,
Aux théâtres, aux jeux...

RAOUL *(se frappant le front).*

Oh! quel bonheur !... J'y suis !

BAPTISTINE *(étonnée).*

Quel bonheur, dites-vous?

RAOUL.

Eh! oui... va donc... poursuis.

BAPTISTINE *(à part).*

Ah! çà, mais qu'a-t-il donc?

(Haut).

Vous hantez les coulisses,
Et vous êtes l'am...i de toutes les actrices!

RAOUL.

Parle, parle toujours... que tu me fais de bien !

BAPTISTINE.

Quoi! ça le rend joyeux?... Je n'y comprends plus rien.

RAOUL.

Laisse-moi t'embrasser.

BAPTISTINE *(reculant).*

Mais Monsieur...

RAOUL.

Elle m'aime

BAPTISTINE.

Mais non, puisqu'elle part demain !

RAOUL.

C'est cela même :
La preuve que je suis aimé, c'est qu'elle fuit.

BAPTISTINE (*à part*).

Pauvre monsieur Raoul, il a perdu l'esprit !

RAOUL.

Va ! d'un seul mot je puis empêcher ce voyage...
Merci, petit lutin.

(Il veut lui prendre la taille.)

BAPTISTINE *(se défendant).*

Chut ! Monsieur, soyez sage !

RAOUL.

Non ! tu m'as apporté cet espoir imprévu,
Et pour cela je veux t'embrasser...

(Il l'embrasse. — Thomas paraît au fond.)

SCÈNE XVI

LES MÊMES. — THOMAS.

THOMAS *(s'arrêtant sur le seuil).*

Qu'ai-je vu !

BAPTISTINE.

Allons, bon !

THOMAS *(redescendant la scène).*
Jarnigué !

RAOUL.

Quel est cet imbécile?

THOMAS *(fièrement).*

C'est moi, Monsieur! Thomas!

      (A Baptistine.)

        Vous étiez moins facile

Avec moi ce matin...

    (Montrant Raoul.)

      Et voici mon rival!

(A Raoul.)

Nous sommes trois, Monsieur !

    BAPTISTINE *(riant).*

      Monsieur de Mireval ?

    THOMAS *(fouillant dans sa boîte).*

Ah ! diable ! J'ai pour vous une lettre pressée.

    (Il la lui donne, et, lui désignant Baptistine.)

J'en voulais faire, hélas ! ma chaste fiancée.

— C'est six sous. — Un refus par moi fut essuyé,

Elle m'a pris mon cœur. — Le port n'est pas payé. —

    RAOUL *(qui a parcouru sa lettre des yeux).*

Ah! grand Dieu! qu'ai-je lu ?... L'ingrate! la coquette !

    THOMAS *(croyant qu'il parle de Baptistine).*

Coquette ? Oh ! oui, monsieur, des pieds jusqu'à la tête.

    RAOUL *(marchant avec agitation).*

Mais je veux la confondre.

    THOMAS *(le suivant).*

      Oui, oui, confondons-la.

    RAOUL *(même jeu).*

Lui dire...

    THOMAS *(idem).*

Disons-lui...

    RAOUL *(idem).*

    Que ma main...

THOMAS *(idem).*

C'est cela !

RAOUL *(idem).*

Frappera mon rival.

THOMAS *(idem).*

Notre, sans vous déplaire.

RAOUL *(idem).*

Et que je le tuerai !

THOMAS *(s'arrêtant tout court).*

Vous voulez tuer Pierre ?

RAOUL *(le repoussant).*

Eh ! laisse-moi tranquille !

BAPTISTINE *(riant.)*

Excellent !

THOMAS *(la regardant).*

Elle rit ?

RAOUL.

Oui, je veux sous les yeux lui mettre cet écrit.
Va ! va ! tu me verras bientôt, femme perfide !

(Il sort vivement.)

SCÈNE XVII

LES MÊMES, MOINS RAOUL.

THOMAS.

Qu'il ne s'y frotte pas, diable ! Pierre est solide.

BAPTISTINE.

Il s'agit bien de Pierre... Allons, parle à ton tour.

THOMAS.

Je venais en passant vous dire mon amour,
Car, malgré tous vos torts...

BAPTISTINE.

C'est bon!... Madame sonne...
(Elle le fait pirouetter et le pousse vers le fond.)

THOMAS.

Du tout ! et si je pars, c'est que ceci l'ordonne.
(Il frappe sur sa boîte.)

BAPTISTINE.

Chansons !

THOMAS.

Ne pensez plus à Pierre, il est soldat,
Et mon cœur court la poste après vous, par état.
(Il va pour sortir, s'arrête et pousse un cri.)
Ah !

BAPTISTINE.

Qu'as-tu ?

THOMAS.

Ce jeune homme... il part sans me remettre
Les six sous...

BAPTISTINE.

Quels six sous ?

THOMAS.

Parbleu ! ceux de sa lettre...
J'oublie, en vous voyant, jusqu'au devoir sacré,
Et, comme une dépêche, hélas ! je suis timbré !
(Il sort en courant.)

SCÈNE XVIII

BAPTISTINE, Madame d'IVRY.

MADAME D'IVRY *(entrant avec précaution.)*
Eh bien ?...

BAPTISTINE.
Il est sorti... D'abord il était triste ;
Il a même parlé de se tuer... J'insiste
Et lui dis sans détours pourquoi Madame part...
Le bonheur tout à coup brille dans son regard.
Je lui répète alors tout ce que l'on signale
Dans ces lettres... Sa joie en devient sans égale.
En ce moment, Thomas arrive, et lui remet
Une lettre... Aussitôt, son désespoir renaît...
Si bien que je ne puis vous raconter, Madame,
Comment, changeant trois fois et de ton et de gamme,
De triste qu'il était, puis après de joyeux
Il avait en partant l'air d'un vrai furieux !

MADAME D'IVRY.
C'est le dépit.

BAPTISTINE *(réfléchissant.)*
Oh ! non, Madame, je suppose
Que ce revirement avait une autre cause...
(A part, voyant Raoul qui entre.)
Et, pour m'en assurer, je cours après Thomas,
Car c'est de lui pour sûr que vient tout l'embarras.
*(Elle sort par le fond en se croisant avec Raoul,
à qui elle fait un geste d'encouragement.)*

SCÈNE XIX

Madame d'IVRY, RAOUL.

RAOUL *(saluant profondément.)*
Tantôt, lorsque le cœur tout rempli d'espérance,
Je venais près de vous recevoir l'assurance
D'un bonheur que vous-même aviez fait espérer,
Vous avez, à dessein, fait semblant d'ignorer
Ce que je voulais dire. — Écoutez-moi, Madame,
Ce n'est point le dépit qui fait parler mon âme...
Vous vous étiez trompée, et, lorsque j'ai connu
Ce fâcheux quiproquo, mon cœur est revenu
A vos pieds, plus aimant, plus dévoué, plus tendre.
MADAME D'IVRY.
Un quiproquo, Monsieur ! comment dois-je l'entendre ?
Ces deux lettres citaient...
RAOUL.
Elles citaient mon nom.
MADAME D'IVRY.
Au moins, vous êtes franc.
RAOUL.
Pourquoi dirais-je non ?
Supposons un moment que je sois si coupable...
Je veux l'être, en effet, pour vous être agréable,
Pour vous donner raison... Mais, de votre côté,
N'avez-vous aucun tort ?

MADAME D'IVRY *(froidement.)*

Je crois, en vérité,

Que vous vous oubliez... Assez ! je vous excuse.

RAOUL.

Vous m'excusez, Madame ?... Et moi, je vous accuse !

MADAME D'IVRY *(avec une gaîté forcée.)*

Je devrais me fâcher... mais c'est original...

De quoi m'accusez-vous à votre tribunal ?

Exposez le délit, allons ! monsieur le juge.

RAOUL.

Dans l'ironie, en vain, vous cherchez un refuge...

Vous vous nommez Fany ?

MADAME D'IVRY *(raillant.)*

C'est cela : — « Votre nom ?

Levez la main... Jurez... Votre profession ? »

Ne vous avisez point de demander mon âge,

Je ne le dirais pas.

RAOUL.

Trève de badinage,

Rien n'est plus sérieux.

MADAME D'IVRY *(s'asseyant.)*

Je vous écoute, alors,

Et ferai pour ne pas rire tous mes efforts.

RAOUL *(dépliant une lettre.)*

Vous vous nommez Fany... Daignez, je vous conjure,

Jeter un seul regard...

MADAME D'IVRY.

Où ?

RAOUL *(lui mettant la lettre sous les yeux.)*

Sur cette écriture.

MADAME D'IVRY *(repoussant la lettre)*.

Et pourquoi ?... Je ne sais... je ne veux pas...

RAOUL.

Eh bien,
Je vais lire pour vous.

MADAME D'IVRY.

Mais je n'y comprends rien.

RAOUL.

Oh ! vous allez comprendre... Écoutez-moi, Madame.
(Lisant à haute voix.)
« Mon cher monsieur de Mireval,
« Connaissant votre amour pour une certaine dame,
« et voulant vous éviter le ridicule d'une fausse posi-
« tion, j'ai prié un de vos amis de vous prévenir de
« ce qui se passe. Pour plus de sûreté, je vous écris
« moi-même, et vous annonce que le petit comte Cha-
« tenay part aujourd'hui même avec votre Fany. Je
« crois qu'il va passer la lune de miel dans une de ses
« terres au fond du Berry. »

MADAME D'IVRY *(se levant brusquement.)*
Qui vous écrit cela, Monsieur ? Ah ! c'est infâme !

RAOUL.
Oh ! vous voudriez en vain vous défendre...

MADAME D'IVRY.

Écoutez,
C'est une calomnie !

RAOUL.
Et demain vous partez,
Cependant...

MADAME D'IVRY *(avec dignité.)*
Oh ! Monsieur !

RAOUL *(saluant et se dirigeant vers la porte.)*
                    Pardon !... je me retire.
MADAME D'IVRY.
De grâce, entendez-moi...
                    RAOUL.
                    Que pourriez-vous me dire ?
MADAME D'IVRY.
Que l'on vous a trompé !... Mais c'est affreux, cela !
                    RAOUL.
Pourquoi partir, alors ?
                    MADAME D'IVRY.
                    Ce qu'on vous écrit là
N'a pas de nom !
                    RAOUL *(redescendant.)*
                    Eh bien, soit ! et je veux vous croire,
C'est une calomnie, une fausseté noire...
Mais pourquoi partez-vous ?... Tout à l'heure, en effet,
J'avais en ma faveur expliqué ce secret ;
D'un fourbe que l'on aime on peut fuir la présence.
          (Montrant sa lettre.)
Convenez qu'à présent cette coïncidence
Doit changer mon idée.
                    MADAME D'IVRY *(pleurant.)*
                    Oh ! mon Dieu !
                    RAOUL *(froidement.)*
                              Je comprends,
On ne m'a pas trompé... ces pleurs que je surprends
Disent votre dépit... C'est assez ! je m'éloigne,
Vous ne me verrez plus... Ici tout me témoigne
Votre infidélité... Soyez heureuse.
                    (Il remonte).

MADAME D'IVRY (*à part.*)

Hélas !

RAOUL (*près de la porte*)

Adieu donc, pour toujours !

MADAME D'IVRY (*s'élançant vers lui.*)

Raoul ! ne partez pas !

RAOUL (*redescendant avec elle.*)

Quoi ! vous me retenez ?

MADAME D'IVRY.

Ces lettres, dont moi-même
Je vous parlais tantôt...

RAOUL (*l'interrompant*)

Madame, je vous aime !
Aisément je pourrais me justifier...

MADAME D'IVRY (*avec joie.*)

Vous ?

RAOUL.

Oui ! mais tout est fini maintenant entre nous.

MADAME D'IVRY.

Oh ! n'importe, parlez !

(*A part.*)

S'il n'était pas coupable ?

RAOUL.

Non ! je me tais aussi.

(*Thomas paraît au fond, poussé par Baptistine.*)

SCÈNE XX

Les mêmes, BAPTISTINE, THOMAS.

THOMAS (*se dégageant*).
Hé ! me voilà, que diable !
MADAME D'IVRY (*à Thomas.*)
Que voulez-vous ?
THOMAS (*saluant.*)
Pardon, Madame, mais tantôt
J'ai fait une bévue, et je viens aussitôt
La réparer.
MADAME D'IVRY.
Comment ?
THOMAS (*embarrassé.*)
Oh ! la chose est facile...
BAPTISTINE.
Allons, explique-toi vivement, imbécile !
THOMAS.
Oui, sans doute. Tantôt, trouvant Monsieur ici,
Je lui donne une lettre...
(*Montrant la lettre que Raoul tient à la main.*)
Eh ! tenez, celle-ci.
Je m'éloigne, et voilà qu'au détour de la rue
Un jeune homme s'approche, et, d'une voix bourrue,
Me réclame une lettre. — « Eh! Monsieur, votre nom? »
— « Henri de Mireval. » —

5

RAOUL (*étonné.*)

Mon cousin ?...

BAPTISTINE (*montrant Thomas. — A Raoul.*)

Le dindon
L'avait remise à vous... Heureusement j'arrive
Et j'explique l'erreur... Le cousin l'invective,
Il m'apprend en deux mots — ce pauvre Mireval —
Que cette erreur a fait triompher son rival ;
Qu'un certain Chatenay...

MADAME D'IVRY

Nous voilà sur la piste.

BAPTISTINE (*continuant.*)

Enlève sa Fany...

(*A Raoul, en riant.*)

Vous savez ? cette artiste ?...
La centième ?... et qu'ils font route vers le Berry.

RAOUL (*regardant l'adresse de sa lettre.*)

En effet, cette lettre, elle était pour Henry.

(*Il la donne à madame d'Ivry.*)

MADAME D'IVRY (*lui donnant les siennes.*)

On a cru que c'était lui que j'aimais, sans doute...·

(*A voix basse.*)

Comprenez-vous pourquoi je me mettais en route?

RAOUL (*confus.*)

Oh ! Madame...

MADAME D'IVRY (*souriant.*)

Mon cœur craignait de succomber,
Malgré tous vos défauts.

RAOUL.

Pour ne rien dérober,
Je les rends au cousin... Quant à moi, je ne garde

Qu'un regret de mon doute.

BAPTISTINE.

Eh bien, Thomas, regarde
Ce que ta maladresse a failli causer !

THOMAS.

Bon !
Ce n'est rien... ça s'appelle identité de nom.
*(Retirant deux autres lettres de sa boîte, et en
remettant une à madame d'Ivry.)*
Et voici maintenant une autre lettre.

MADAME D'IVRY *(la prenant.)*

Donne.

THOMAS *(remettant l'autre à Baptistine.)*
Et pour vous, Baptistine.

BAPTISTINE *(la prenant.)*

Ah ! bah ! cela m'étonne ..
Qui peut m'écrire ainsi ?
(Elle lit sa lettre tout bas.)

MADAME D'IVRY *(ouvrant sa lettre.)*

De madame d'Harcourt.
« Ma toute belle,
« Vous me demandez un conseil ? Je vous répondrai
« comme votre cœur, sans doute : Épousez, épousez
« M. de Mireval. »

THOMAS.
Hé ! bravo ! le conseil est aussi bon que court.

BAPTISTINE *(joyeuse.)*
Madame, quel bonheur ! mon cousin, mon bon Pierre,
Il m'écrit...

THOMAS *(l'interrompant.)*
Qu'il est mort ?

BAPTISTINE *(haussant les épaules.)*

                    Qu'il revient de la guerre !

Oh ! mais, ce n'est pas tout ; il a gagné la croix,
Et compte m'épouser, dit-il, avant deux mois.

THOMAS *(furieux.)*

Allons, bon ! et c'est moi qui porte le message !

(Prenant sa boîte pour la jeter à terre.)

Maudite boîte, tiens !...

MADAME D'IVRY *(lui arrêtant le bras.)*

                    Voilà qui n'est pas sage,

La boîte n'en peut mais, Thomas, assurément.

RAOUL *(à madame d'Ivry.)*

Elle seule causa pourtant notre tourment ;
Elle fut pour nos cœurs la *Boîte de Pandore*,
D'où sortaient tous les maux !

MADAME D'IVRY *(lui montrant la lettre de madame
d'Harcourt.)*

                    Le croyez-vous encore ?

RAOUL *(lui baisant la main.)*

Justement !... l'espérance au fond restait pour nous !

THOMAS *(à Raoul.)*

Monsieur, vous me devez d'une lettre six sous.

              (Raoul lui donne sa bourse.)

RIDEAU

Paris. — Alcan-Lévy, imprimeur breveté, 61, rue de Lafayette.

MENS AGITAT MOLEM
Rose